NÓ DE CRAVO

NÓ DE CRAVO

MARIANA GREBLER

Labrador

© Mariana Grebler, 2025
Todos os direitos desta edição reservados à Editora Labrador.

Coordenação editorial PAMELA J. OLIVEIRA
Assistência editorial VANESSA NAGAYOSHI, LETICIA OLIVEIRA
Direção de arte AMANDA CHAGAS
Projeto gráfico MARIANA RODRIGUES
Diagramação DAYANE GERMANI
Preparação de texto MONIQUE PEDRA
Revisão AMANDA KARINE GROSSEL
Capa FELIPE ROSA

APOIO:

Dados Internacionais de Catalogação na Publicação (CIP)
Jéssica de Oliveira Molinari - CRB-8/9852

GREBLER, MARIANA
   Nó de cravo / Mariana Grebler.
   São Paulo : Labrador, 2025.
   128 p.

   ISBN 978-65-5625-772-3

   1. Ficção brasileira 2. Escalada - Ficção I. Título

24-5670   CDD B869.3

Índice para catálogo sistemático: 1ª reimpressão – 2025
1. Ficção brasileira

Labrador

Diretor-geral DANIEL PINSKY
Rua Dr. José Elias, 520, sala 1
Alto da Lapa | 05083-030 | São Paulo | SP
contato@editoralabrador.com.br | (11) 3641-7446
editoralabrador.com.br

A reprodução de qualquer parte desta obra é ilegal e configura uma apropriação indevida dos direitos intelectuais e patrimoniais da autora. A editora não é responsável pelo conteúdo deste livro.
Esta é uma obra de ficção. Qualquer semelhança com nomes, pessoas, fatos ou situações da vida real será mera coincidência.

Para Maria Eduarda Amaral Grebler

Este livro é uma obra de ficção e não se propõe a ser um relato histórico do desenvolvimento dos esportes de montanha no Brasil. Tampouco pretende ser um retrato preciso do crescimento do Distrito da Serra do Cipó, em Santana do Riacho, e do Parque Nacional da Serra do Cipó, na Serra do Espinhaço (Minas Gerais).

Esta história é a visão da autora, frequentadora da região e escaladora de pedras desde 2010, e suas impressões das localidades citadas. Nomes, lugares, organizações e eventos são produtos de sua imaginação ou foram usados ficcionalmente. Qualquer semelhança com pessoas reais é coincidência sob a ótica da ficção.

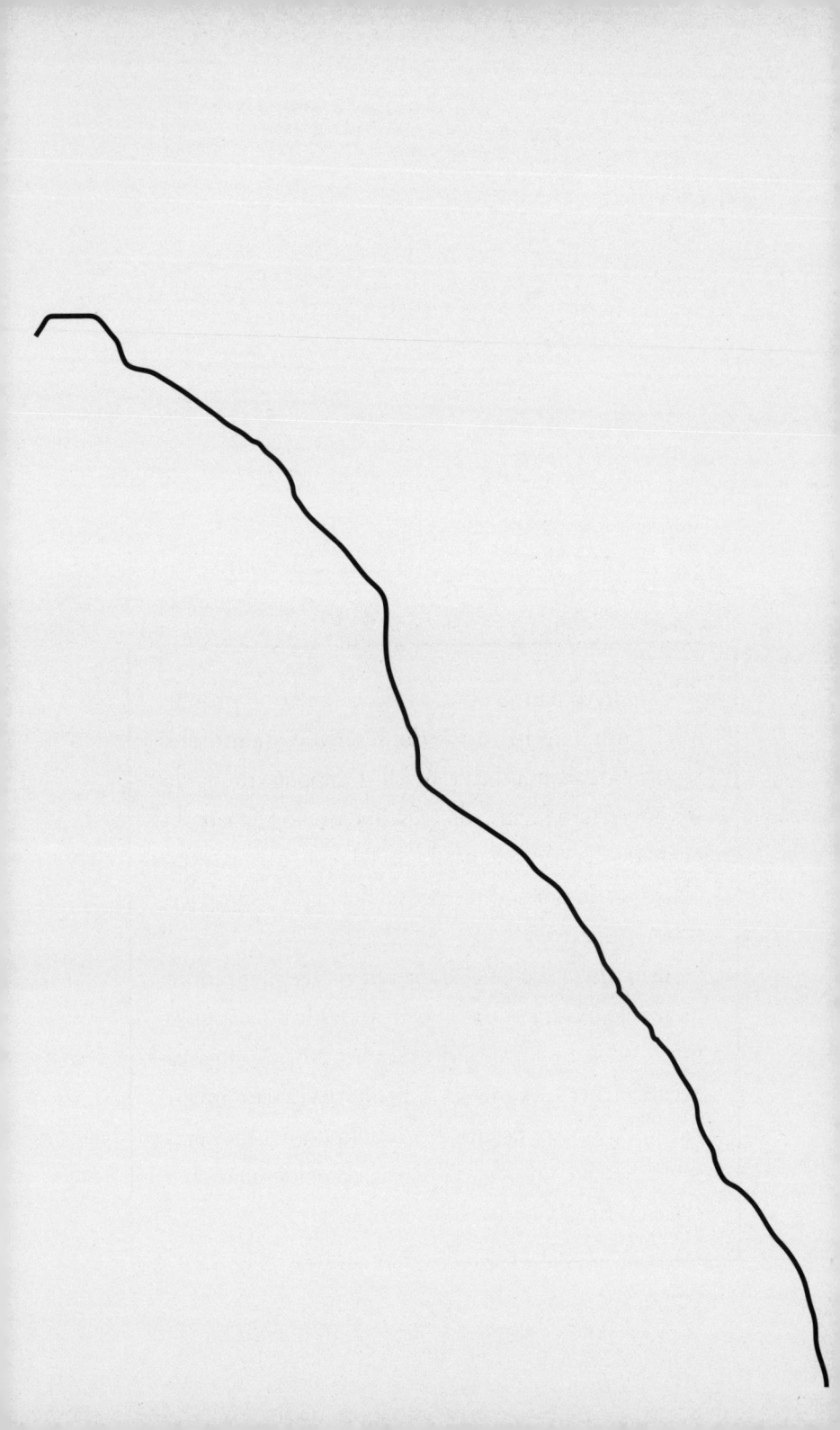

Sumário

Prefácio 11
Paris 2040 15
Zé Belo 21
Covid-19 31
Dominguinhos 35
Beatriz 39
Zé Fernando e Luiz Saques 51
Leo e Milly 55
Ativa 65
Reconhecimento 71
Adolescência 81
Pedro 83
O beijo 87
Chamonix 95
Desilusão 101
El Chaltén 105
Posfácio 113
Glossário 117
Agradecimentos 127

Prefácio

A Serra do Cipó, com suas paisagens exuberantes, sempre foi um refúgio para aqueles que buscam uma conexão mais profunda com a natureza. Localizada no coração de Minas Gerais, essa região de belezas naturais também se tornou, ao longo dos anos, um dos pólos mais importantes da escalada esportiva no Brasil. Foi nas encostas e paredões da Serra, entre rios cristalinos do cerrado, que surgiu uma nova geração de escaladores, moldada pela rocha e pelo espírito de superação.

É nesse cenário que nasce a história de Duda, uma menina que, em meio às adversidades do mundo pós-pandêmico, encontra na escalada sua forma de vida. Desde cedo, ela é inspirada pelas pessoas que acreditaram na força transformadora desse esporte, mesmo quando ele ainda era pouco conhecido no Brasil. Com determinação e paixão, essa menina trilha um caminho que a levará, anos mais tarde, a alcançar o topo do mundo no cenário esportivo: a medalha de ouro na Escalada Esportiva nas Olimpíadas de 2040.

A escalada é uma atividade que, por sua natureza, é subjetiva. Por mais palavras que tenha para descrevê-la, não serão suficientes para captar a completude da experiência. É preciso viver a escalada, ela está no cunho do indivíduo, por isso é tão linda e múltipla. Não é o grau, a medalha ou a conquista que definem a escalada. Esses são apenas nuances dessa experiência que, ao longo do tempo, vem se tornando um esporte com mais regras, pontos, classificações e rankings. A escalada tem muitas camadas de significação, por isso seu valor é dado por quem a pratica, individualmente.

Esta história, contada com carinho por uma atleta saudosa, é mais do que um relato esportivo; é uma narrativa sobre o amadurecimento, a descoberta de si mesma e o poder da perseverança. Ao longo das páginas, o leitor conhecerá não apenas a jornada da campeã, mas também os pioneiros da escalada no Brasil — figuras que ajudaram a transformar a Serra do Cipó em um berço de talentos e um ícone da escalada mundial, mantendo viva a paixão por esse esporte.

Mariana Grebler, autora deste livro, é uma jornalista com vasta experiência com Relações Públicas (RP) e uma apaixonada escaladora. Em seu segundo livro, ela traz à tona uma história tocante e inspiradora sobre desafios e conquistas. Com um olhar sensível e detalhista, Mariana nos convida a conhecer o caminho trilhado por Maria Eduarda, revelando as faces de um esporte que, assim como a vida, exige coragem, resiliência e amor pelo que se faz. Esta obra é um tributo não apenas à Serra do Cipó e aos seus escaladores, mas também a todos aqueles que acreditam na força do sonho e na capacidade humana de superação.

Carlos Eduardo Lara Diniz
Montanhista

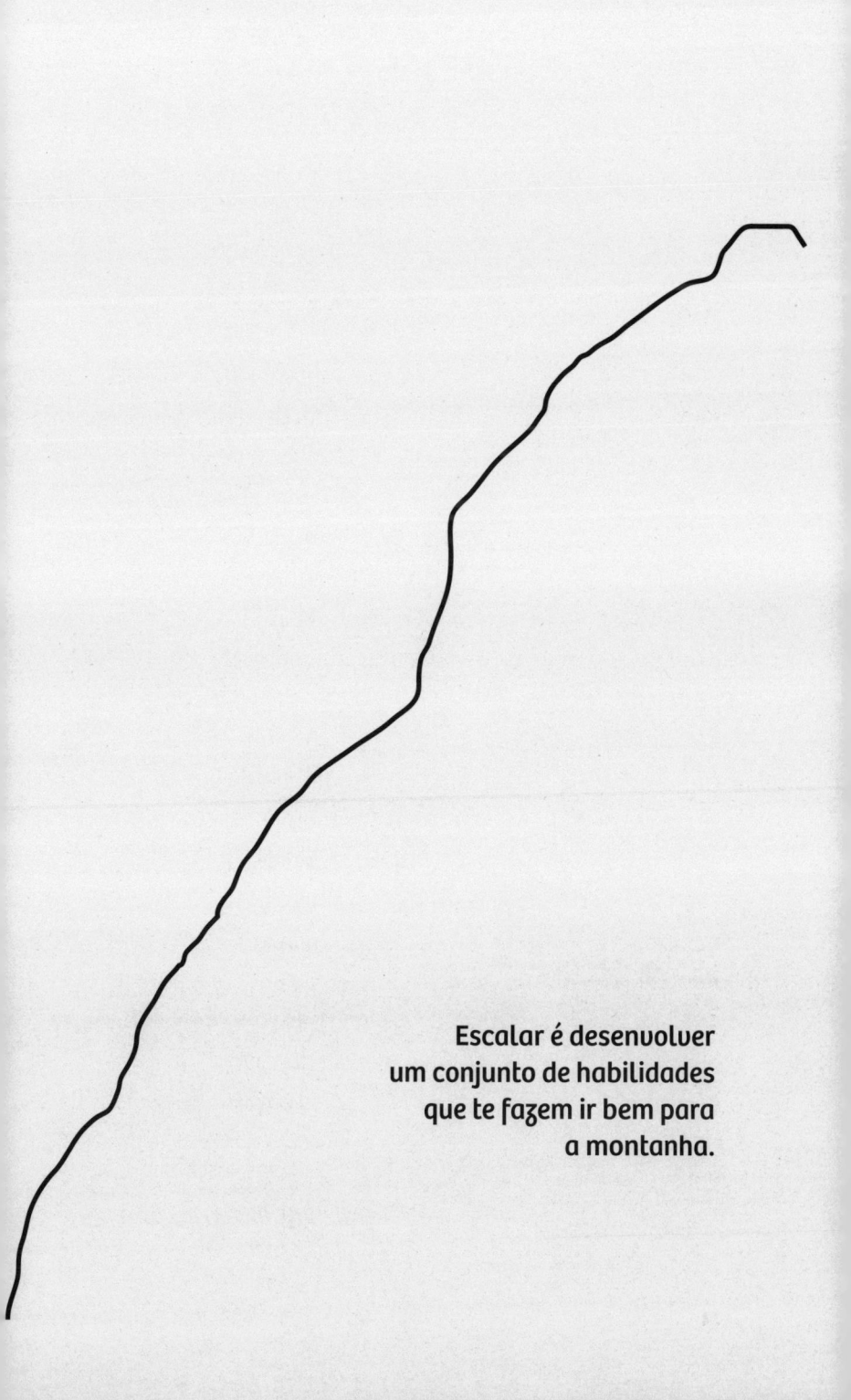

Escalar é desenvolver um conjunto de habilidades que te fazem ir bem para a montanha.

Paris 2040

— Mandinga de vó. Adoro um óleo essencial, uma planta. Em dias ruins, faço uso dessas bruxarias, aí as coisas melhoram. Em lua nova, eu não escalo, fico num quarto escuro, reclusa. Entender que o corpo precisa de carinho, acolhimento, e não ficar se matando pelo esporte.

Foi assim que a pequena atleta respondeu ao repórter do canal americano que cobria as Olimpíadas daquele ano. Pequenina, pele morena daquele tom bem brasileiro: meio branco, meio preto, meio indígena e tudo misturado. Não tinha mais do que um metro e meio de altura, nascera pequenina e sempre fora assim. Magrinha, tinha mãos pequenas que se tornaram fortes e duras pelos anos subindo em pedras. Era discrepante a altura do repórter gringo, branquelo, querendo entender como Duda — a formiguinha Duda — chegara até ali. Batera inúmeras candidatas, eslovenas, francesas e as mais difíceis: as austríacas. Mas aquela edição olímpica era dela. Medalha de ouro.

— Kiko!!! —Saiu correndo quando viu o amigo dinamarquês, *mezzo* escandinavo e *mezzo* brasileiro. Ele era filho do montanhista brasileiro e *BASE jumper* Luiz Saques. E voltou de mãos dadas, trazendo o amigo, medalha de bronze na escalada, também naquela edição.

— *I'm sorry* — disse o rapaz. — *Excuse me for interrupting*¹ — ele pediu desculpas ao repórter.
— *Do you know each other?*²
Ambos riram.
— Se a gente se conhece? — disse a moça em português, esperando que a tradutora da Confederação Brasileira de Escalada Esportiva (CBEscalada) cuidasse da tradução. Ela entendia o inglês do repórter, mas esperava a tradutora terminar de falar antes de responder.
— *Do you have time?*³ — disse o rapaz.
Ele era bonito como o pai, talvez mais. O pai deixara um rastro de destruição nos corações de várias escaladoras nas primeiras décadas do século XXI. Aquele sorriso largo, alegre e leve, um cabelo preto, pretíssimo, com grandes cachos, parecendo cabelo de propaganda de tanto brilho. Se mudara para a Europa no fim dos anos 2020, quando a mãe de Kiko Saques engravidara após conhecê-lo na Espanha. Então, o rapaz tinha o "borogodó" brasileiro com o "dourado" escandinavo da mãe, musculosa e destaque da escalada na Dinamarca, além de bela e alta, como devem ser as mulheres daquela parte do mundo. A união não durou, mas Luiz nunca voltara ao Brasil para ficar. Aplicou seus conhecimentos de uma longa carreira de aventuras no filho, se tornando um grande treinador. Ambos tinham a "casca grossa", eram *adrenaline junkies*, encaravam desafios como tomar café com leite.

---

1 Desculpe / Desculpe interromper.
2 Vocês se conhecem?
3 Você tem um tempo?

Claro que o repórter tinha tempo. Não iria perder o relato desse encontro inesperado para a emissora, mas bastante aguardado pelo jovem casal de escaladores. Ela, campeã mundial, recentemente campeã pan-americana, estava com a atual medalha de ouro olímpica em mãos, aos vinte anos. Ele, aos dezoito, foi medalha de ouro e, agora, aos vinte e dois, ganhou o bronze na Escalada Olímpica. Não era o ouro que ganhara em 2036, mas consolidava sua competência se mantendo no pódio da escalada mundial.

O rapaz mostrara seu talento escalando vias[4] difíceis, ainda criança. "Quebrou" graus fortes para a idade, ganhou prêmios nacionais e se destacava na rocha, diferente de outros competidores, mais restritos ao brilho nas competições. Ele não. Fazia escaladas difíceis: Patagônia, Tabuleiro, Yosemite, Pedra Riscada, muitas vezes ao lado do pai, ele mesmo um dos primeiros a entrarem em algumas dessas vias.

O grupo se encaminhou para um café próximo dali, e a assessora de imprensa da CBEscalada pediu para chamarem a Relações Públicas da atleta, Tamara (Duda a chamava de Tamari), que disse ao repórter:

— Kiko Saques e Duda Amaral juntos. Por essa exclusiva, queremos todas as plataformas on e off-line do canal. *Deal?*[5]

— *Deal*[6] — respondeu o produtor da ESPN.

— Qual é a sua lembrança mais antiga na escalada?

---

4 Via: rota de escalada, independente da modalidade, definida por algum escalador que a "descobriu", limpou, nomeou e determinou o grau de dificuldade.
5 Combinado?
6 Combinado.

— Eu me lembro de escalar com meus pais e do "balancinho" de corda, onde eu colocava meus pés nos nós, segurava bem forte com as mãos e ficava me empurrando e voltando, me empurrando e voltando. Amava aquilo. Como um balanço, mas na corda. Uma das primeiras vias que escalei foi a chamada Melzinho na Chupeta, onde moro, no Parque Nacional da Serra do Cipó. Foi um quinto grau (de dificuldade), com meu pai em cima da via me esperando e minha mãe dando segurança.

"Meus pais sempre me perguntaram se eu queria fazer este esporte. Eles diziam: 'Tem certeza de que é isto que você quer?', eu falava: 'Sim, é o que eu quero'. Não havia dúvida, eu sempre pensava sobre isso. A escalada sempre me motivou. A escalada está no meu sangue. Não há risco de eu não querer mais escalar.

"Comecei a treinar com seis anos. Um dia, entrei numa loja de equipamentos, eu amava roxo e queria um kit de costuras lindo, igual ao do meu pai. Então minha mãe disse: 'Quem tem costura tem de guiar', eu respondi: 'Então me ensina!'. Fiz minha primeira escalada neste estilo aos oito anos, num terceiro grau na Lapa do Seu Antão (MG), com costuras de meio em meio metro. Foi assim que aprendi a guiar e a 'limpar' uma via.

"Meu pai foi meu primeiro treinador. Hoje, ele me ajuda na minha preparação física. Minha mãe é quem organiza as viagens. Eles são muito ativos na minha rotina, e se não fosse por eles, eu não teria conhecido o esporte. Meu pai foi e ainda é uma grande figura da escalada brasileira. Por onde anda, tem um monte de escalador atrás. Ele 'bota pilha' na galera, estimula mesmo, já recebeu inúmeros escaladores jovens, ajudando-os a se estabelecerem no Cipó. Gente que chegava por lá sem grana, ele botava pra trabalhar. Para alguns, até alugou um quarto em casa. Nessa época, ele e mamãe já haviam se separado."

>>>>>>>>>

Zé Belo

— Papai, tem cobra aqui?

Duda virou os olhos, impaciente. Da maturidade de seus seis anos, ouvir Gabriel perguntar se havia cobras no buraco de pedra, pertinho dos *boulders*,[7] parecia a coisa mais infantil do mundo.

— Claro que não, Gabi. As cobras têm medo da gente, elas saem correndo e se escondem. É só pisar firme que elas sentem a pressão de nossa caminhada e fogem — disse a menina, com tom professoral.

O rapazinho de apenas quatro anos estava estreitando suas habilidades no ambiente natural, junto ao pai, naquele Festival de Boulder de Milho Verde (MG). Ele tinha os olhos azuis redondinhos — todos se derretiam — e cachinhos loiros, compridos, que os pais optaram por não cortar desde o seu nascimento.

— Não é bem assim, Du. Os filhotes de cobras se perdem dos pais e são eles os mais perigosos. Às vezes atravessam as trilhas em que andamos e, quando pior, os pais estão à sua procura. Aí que mora o perigo — Vitão, pai do Gabi, explicou para a menina.

Ela balbuciou algumas palavras e seguiu brincando com os galhos do arbusto, dizendo que eram escorpiões. Com seis anos, a miniescaladora já subia em pequenas pedras, de tênis mesmo, com a orientação do pai, Zé Belo.

---

7 *Boulders*: tipo de escalada; blocos de pedra onde se escala.

Zé Belo escalava desde os dezoito anos. Nascido na Serra da Canastra (MG), era um escalador respeitado pela comunidade do esporte. Sempre de bom humor, dando ordens aos amigos sobre como escalar aqui ou ali, ele era responsável pela abertura de mais de mil vias pelo estado. Com pele bem escura, cabelo liso, certamente tinha alguma ascendência dos povos originários de lá.

>>>>>>>>>

— Você pratica um esporte que envolve altura e riscos. Vamos falar sobre medo?
— Eu nunca tive um medo extremo de lugares altos, o que é muito comum em várias pessoas. Sempre me senti segura e, principalmente, aprendi a confiar no equipamento. Quando a próxima proteção está longe, aí sim, fico com medo de queda grande, e quando caio, eu congelo. É lógico que é importante cair direito, mas tento não fazer uma tempestade em copo d'água e penso: *Eu não vou me machucar, vai ser tranquilo*. Também recorro a treinos de queda. Venho trabalhando o medo e como enfrentá-lo. Meus pais sempre dizem: "Não tem por que você estar com tanto medo. Se quiser mandar uma via, tem de superar este medo". *My biggest obstacle is my mind, my perfectionism can destroy me*[8] — ela riu ao falar inglês.
— *Why would you say that?*[9] — disse Kiko, acompanhando o momento bilíngue da amiga.

---

8 Meu maior obstáculo é minha mente, meu perfeccionismo acaba comigo.
9 Por que diz isso?

— Porque é verdade. Ano passado passei por momentos difíceis após as qualificatórias olímpicas — ela disse, olhando para ele com os olhos marejados, detestando pensar nisso durante uma entrevista.

Tamara pediu um minuto à equipe da ESPN e pôs a mão na nuca da menina, com carinho, mas com autoridade. Indicou que se levantasse, saísse dali e caminhasse alguns passos ao seu lado, na direção do banheiro. Dava para perceber que discutiam e que a menina tinha lágrimas escorrendo pelos olhos. Kiko fez que iria se levantar, mas Tamara lançou um olhar lancinante para que ele ficasse exatamente onde estava. Ele recuou e sentou-se de novo. Começou a bater papo com o repórter e a tentar distraí-lo da tensão existente naquela conversa paralela.

— Não me pega assim, já te disse que não gosto — disse Duda.

— Por que está se expondo dessa forma para um canal internacional?

— Eu não sou de ferro. Não aguento essa pressão! Tenho fraquezas. Não sou super-humana.

— Eu sei, mas hoje você está com a medalha olímpica no pescoço, menina, hoje é dia de falar de vitórias, braveza e gana. Um dia você irá contar sobre suas fragilidades, não hoje.

— Você é uma máquina sem coração.

— Estou te ajudando a saber se apresentar ao mundo. Só isso.

Elas já tinham tido essa conversa milhares de vezes. Se estranhavam, gritavam uma com a outra, depois se abraçavam e vibravam juntas. Há dez anos conquistavam prêmios. Tamara trabalhara anos como Relações Públicas em São Paulo, quando ela e Alonzo faziam seu pé-de-meia, antes de se mudarem para a "roça". Ela chegara ao Cipó em 2018, um ano antes de Duda nascer. Acompanhou a menina desde bebê, sempre dizendo que ela era inspiradora, destemida e que seria uma grande escaladora.

Quando Duda conquistou o título de Campeã Brasileira de Escalada Juvenil, Beatriz, a mãe da menina, pediu à amiga que gerisse as demandas de entrevistas, algo que ela fazia com uma mão nas costas. Aos quinze anos, quando Duda foi para a Europa competir pela primeira vez, Tamara, Alonzo e Zé Fernando foram com ela para a França, onde amigos brasileiros fizeram essa "ponte" entre a menina e uma turma patrocinada pela Red Bull. A partir daí, Duda vinha numa toada forte de títulos, mais precisamente nos últimos cinco anos.

Tamara tinha traquejo com a imprensa estrangeira pelos seus anos como repórter na Inglaterra, e as duas tornaram-se inseparáveis. Duda brigava com ela quando sentia que precisava reprimir suas inseguranças, enquanto Tamara era dura com a menina quando sentia que ela queria revelar mais do que o necessário.

A questão era que vinham numa onda de baixa performance durante o último Campeonato Mundial. Duda não estava cem por cento focada, o que lhes custara a própria autoconfiança, e ambas se sentiam inseguras quanto ao ouro. Mas ele chegara e estava ali, no pescoço dela.

— Respira, Du, vem terminar o papo. Hoje você é o destaque do esporte e, neste momento, todas as mídias de escalada mencionam a brasileira foda que você é.

Duda riu. Sempre ria quando Tamara falava palavrão. Ela era machista em alguns aspectos, não entendia a visão que Duda tinha sobre o que era ser mulher num esporte que, por tantos anos, teve predominância masculina.

— E, até o final da semana, muito se dirá sobre sua história e sobre como você construiu essa trajetória bonita e vitoriosa — acrescentou Tamara.

— Com a ajuda e vibração de toda uma comunidade — disse a menina.

Ela não se esqueceria jamais de quem esteve ao seu lado esses anos todos. As duas se abraçaram. Não tinha sido fácil. Caminhando e sorrindo, ela se dirige ao repórter e diz:

— *May I tell you where I come from?*[10]

— Claro, por favor, me conte — o repórter foi enfático ao perceber a vontade da menina de falar sobre suas origens.

— Eu nasci em dezembro de 2019, três dias antes da virada do ano, na Serra do Cipó, a cem quilômetros de "Beagá". Essa região, onde começa a Serra do Espinhaço, tem uma diversidade de pedras muito rica para a escalada esportiva. Uma cidade turística aos pés da Serra; turismo de cachoeiras, mas principalmente turismo esportivo.

---

10 Deixa eu te contar de onde eu venho?

Todos sabem que nasci numa família de escaladores e, no ano em que o esporte entraria na edição dos Jogos Olímpicos, houve no mundo uma ruptura brusca chamada pandemia de coronavírus.

"Meus pais se conheciam há pouco, mas foi *match* imediato. Meu pai era um escalador conhecido e namorava aqui e ali, mas não se estabilizava com ninguém. Minha mãe vinha do estado do Paraná, neta de imigrantes alemães, tinha uma cara de boneca daquelas bem delicadas. Eu nasci moreninha, parecida com meu pai, com o cabelo liso, preto, escuro e os olhos pequenos. Foi a escalada que os uniu. A nossa vida era escalar, escalar, escalar. Nos intervalos, meu pai cuidava do quiosque do café e minha mãe cuidava de mim e dava uma força por lá também.

"Quando eu nasci, já tinha um morador muito importante na minha casa. Nunca me disseram oficialmente qual era a raça do Lobo. De pé, devia ter um metro e oitenta e pesar uns cinquenta quilos. Era uns três anos mais velho e me recebeu muito bem. Virava a cara quando eu pesava a mão na sua orelha. Não me lembro de problemas entre nós, e à medida que eu crescia, nossa parceria ficava mais forte. Não era raro as pessoas rirem ao me verem falando com ele, mas a gente se entendia bem. Ele era explorador e acompanhava a família em todas as jornadas. Imagina a cena: um Corsa verde, com um cachorro enorme, todo rajado de preto e marrom, sentado no banco da frente, ao lado do motorista, e eu e minha mãe no banco de trás. O Lobo morreu em 2030. Acho que o meu pai nunca vai superar essa perda.

"No início de 2020, começaram os relatos da covid-19 e das infecções em massa na China. Era tudo muito longe, a China era do outro lado do mundo e não se acreditava que pudesse chegar ao Brasil. Eu brincava na base das pedras no início de março sem saber que o vírus já estava em São Paulo. Uma semana depois, a Associação de Escaladores da Serra do Cipó (AESC) sugeriu que o centro da escalada, o Morro da Pedreira, fosse fechado e que os escaladores respeitassem a quarentena. O Cipó, o maior pólo de escalada esportiva do Brasil, estava fechado para a prática. Isso atraiu gente de todo o país para se refugiar e se isolar por ali, perto da natureza.

"Esse também foi o ano em que o governo do Brasil, de extrema direita, se desmantelou. As coisas já vinham ruins desde 2018, mas chegaram ao extremo com a crise mundial. Os brasileiros estavam sem emprego e, com a proibição de irem às ruas, começaram a passar fome.

"Eu consigo descrever o que aconteceu no meu entorno. Mesmo tendo a escalada crescido muito nos dez anos anteriores, a comunidade esportiva era pequena e as pessoas eram quase as mesmas da época das primeiras vias. A geração que começou no Cipó beirava os sessenta anos, já meu pai e os amigos dele são da virada dos anos 2000. Três anos de pandemia mudaram não só a 'cara' do Cipó como a do esporte. Novos rostos chegaram e ambos cresceram.

"Aquela temporada de 2020 não aconteceu. Os melhores meses para escalar na pedra são de maio a setembro e, nesse período, havia uma quarentena imposta ao mundo. Na América do Sul, mais especificamente no Brasil, exceto por alguns prefeitos e líderes regionais que tomaram decisões duras, grande parte do país negava a existência do perigo e vivia em um cenário de bagunça pandêmica. No início, havia muito medo, e os atletas ficaram em casa. À medida que o outono chegava, a turma começou a ficar indócil para ir para a rocha, aflitos sem seu parque de diversão."

Tamara achou de bom tom intervir e explicar um pouco melhor as peculiaridades do início da vacinação contra a covid-19 no Brasil. Com um presidente negacionista, o país recusou a compra da vacina oferecida por laboratórios que já a distribuíam em outros países. Isso prolongou a pandemia no país por quase um ano.

— No final daquele ano, a vacina começou a ser aplicada em alguns países do Hemisfério Norte. O isolamento social tinha sido feito de forma bagunçada e, em algumas cidades, nem tinha acontecido. Dessa forma, os casos de covid-19 explodiram no Brasil. Lá no Cipó, o problema não era a aglomeração de escaladores. A "muvuca" acontecia de verdade aos finais de semana, quando vinham os turistas da cerveja e das cachoeiras.

Tamara pensou nesse período triste e de instabilidade, lembrando de como ela e as amigas escaladoras, à época da pandemia, refletiam sobre o papel da escalada em suas próprias vidas. *Abre a escalada. Fecha a escalada. Abre de novo, fecha de novo, credo.* Balançou a cabeça querendo afastar a angústia sentida ao pensar sobre o período.

Escalar na rocha possibilitou encontros ao ar livre com certo distanciamento, quando as pessoas podiam compartilhar suas angústias e reflexões.

Tamara completou:

— As crianças eram pequenas e estavam sempre por perto, naturalmente, criando uma rede entre as pessoas que passaram a pandemia na Serra do Cipó. Um período triste, mas de união.

— O que, para alguns, trazia angústia, para nós trazia alívio. A gente precisava do café cheio para pagar as contas "penduradas" por conta dos meses fechados — disse Duda.

>>>>>>>>>

Covid-19

Em 2021, o Brasil passou os primeiros meses naquela corda bamba esperando a hora da vacina. Enquanto isso, a vida continuava mais ou menos normal. Até o final do verão, havia escaladas nos dias secos e banho de rio nos dias molhados. Nos primeiros três meses do ano, Tamara, Alonzo, José Fernando, sua esposa Sabrina e seus filhos, Inácio e Julia (na barriga da mãe), tiveram covid. O exame de Sabrina deu negativo, mas teve fortes sintomas, perdeu o paladar, etc.

— Acho que foi "corongavírus" emocional — ela brincava.

— Foi nada, Sabrina — rebatia Tamara com aquela secura na voz quando criticava o Brasil.

— Essa zona que é esse país, tudo uma bagunça, aposto que o seu exame foi malfeito. Já o meu deu positivo, como explica isso?

Naquele mês, chegou ao Cipó o namorado de uma amiga paraquedista, vindo da Europa, onde os casos estavam explodindo. O casal só descobriu que estava infectado ao embarcar para o Chile. Isso desencadeou uma onda de exames na comunidade e o único que deu positivo foi o da Tamara.

— Nossos *hermanos* pedem o exame, mas pra vir pro Brasil não precisa, não, né? — dizia, raivosa.

No Chile, as coisas pareciam andar para frente, com gente nas ruas brigando por uma nova Constituição, mesmo durante o lockdown pandêmico, enquanto no Brasil, andavam para trás. Quando conto que o país teve três ministros da Saúde, recebo reações incrédulas. O Brasil vivia um script de baixa qualidade e a extrema direita brasileira já se preparava para tentar a reeleição em 2022.

A sorte é que Tamara teve, literalmente, uma gripezinha. Ela odiava esse termo, porque o então presidente assim o definira quando se infectou. Parece brincadeira, mas ele fez um pronunciamento na TV quando falou sobre a virose, como também disse que o seu "histórico de atleta" tinha lhe permitido ter uma gripe leve.

— Não tô preocupada, eu tô tranquila — dizia ela.

Alguns amigos comemoraram dizendo que este seria o melhor dos mundos: pegar a covid sem passar mal. Ela não tinha essa certeza. Era uma doença muito enigmática, com efeitos imprevisíveis em pessoas de idades diversas. Com o passar dos dias, sua ansiedade começou a subir proporcionalmente ao número de casos e à falta de planejamento do governo brasileiro para uma possível campanha de vacinação. Ela começava a imaginar sintomas:

— Amor, tô com dor de cabeça — dizia para Alonzo.

Ele ficava quieto e continuava olhando para a tela do celular, sinalizando que não iria entrar naquela onda.

Nos momentos bem-humorados, ela dizia:

— Pelo menos nosso histórico de atleta nos ajudou quanto à covid. E era verdade. Do grupo de pessoas infectadas na "segunda onda brasileira", os dois apresentaram os sintomas mais leves. Nem febre tiveram.

Dominguinhos

>>>>>>>>>

— Rapidamente, inquieto pela pandemia, meu pai e os amigos resolveram explorar um município próximo, onde havia a estátua do Ermitão Dominguinhos. Subindo a Serra por uns cinquenta quilômetros, encontraram um grupo grande de pedras muito boas para a prática de *boulder*.

"Para quem não sabe, esse tipo de escalada começou como um treino e virou uma modalidade, onde o divertido é subir em pedras relativamente baixas, com *crashpads*[11] e amigos para te segurar. O treino é arriscado, mas muitos escaladores vivem só dessa prática, que demanda menos equipamento e traz bons resultados. Desenvolver uma boa técnica de *boulder* pode ajudar bastante.

"A turma começou a chamar aquele pico de 'Dominguinhos', e foram naquelas semanas pandêmicas, entre maio e junho, que, indo até lá, seguraram a ansiedade até a escalada na Serra do Cipó ser reaberta. Eu sempre frequentei esses lugares com meus pais. Desde que nasci, fui muito acostumada a ficar passando de colo em colo à noite, quando o clima era mais gostoso para subir nessas pedras."

---

11 *Crashpad*: colchões de EVA ou espuma utilizados para a proteção de quedas dos atletas na prática de *boulder*.

— Em 2020, o Instagram... Você sabe o que é Instagram? — perguntou a escaladora ao repórter.

— Sim, uma rede de fotos que mais parecia uma competição de *lifestyle* — disse a intérprete, traduzindo o inglês do repórter.

— Isso. Era a principal plataforma de interação da época. O que hoje a gente conhece por interação virtual era chamado de rede social. Funcionava assim: geralmente era um aplicativo em que as pessoas mostravam suas experiências, algumas delas com foto ou vídeo. Um lugar de imagens e, nesse embalo, a turma que curtia natureza se encontrou. Virou uma espécie de biblioteca de trajetória pessoal na escalada, e gente alimentando o seu próprio ego. Sem julgamentos, é difícil mesmo não querer compartilhar as próprias conquistas.

Depois da pandemia, Beatriz começou a postar as aventuras de Duda e, em pouco tempo, ela já tinha dez mil seguidores. A comunidade de escalada começou a prestar atenção naquela menina magrinha que, com dois anos, já pegava em reglete.

— Foi através dessas postagens, ainda durante a pandemia, que eu comecei a perceber que sua trajetória despertaria interesse nas redes — disse Tamara.

— Você imagina um ano em que as pessoas não se tocavam? Aqui no Cipó, muita gente se tocava! As pessoas se sentiam longe, protegidas e isoladas. Eu vinha da cidade e o povo ria de mim porque eu não encostava em ninguém. "Tamari não cumprimenta", tiravam onda.

Eu não estava nem aí. Depois de uma onda de suspeitas de contaminação, muita gente no Cipó repensou esses beijos e abraços — riu.

Beatriz

— Minha mãe sempre foi um espírito livre. Saiu de casa muito jovem para explorar o mundo. Viajou bastante, rodou da Amazônia à Patagônia, escalou muito e "estacionou" na Serra do Cipó, onde cresceu imensamente como escaladora. Ela conheceu meu pai na Serra da Bocaina. Meu pai frequentava bastante a região, construiu uma casa e tinha raízes por lá. Ela dizia: "Seu pai gostou de mim porque eu não caí nos braços dele rapidinho". Papai ria e dizia que era isso mesmo.

— Sua mãe sempre foi um "*free spirit*",[12] mostrava uma rebeldia que fascinava seu pai — disse Tamara.

Tamara falava tudo em inglês. Ela e Alonzo. Eles tinham uma rotina em inglês que diziam em voz alta antes de começar a escalar, e ficava todo mundo rindo: "*Camon baby, on belay?*", "*Belay, on*", "*Climbing?*", "*Climb on*".[13]

— Escalar na Serra do Cipó, para a minha mãe, foi um divisor de águas. Com vinte e nove anos, ela tinha o perfil para subir de grau rapidamente: porte físico e gana pelo esporte. Ela e meu pai sempre me levaram para a pedra, e eu ficava bastante à vontade. Para mim, o ambiente de calcário, com pequenas agarras e vias muito técnicas, se tornou familiar. Uma escalada exi-

---

12 Espírito livre.
11 Vamos, amor, em segurança? / Sim, segurança ativa / Escalando? / Escalando.

gente e específica da região, que atrai pessoas do Brasil inteiro. É comum escutar os forasteiros dizerem: "O Cipó é duro", "Escalar no Cipó é muito exigente, chega a ser ingrato", "Esse povo que abriu essas vias é maluco!", "Graduação do Cipó não vale". Chega a ser engraçado. O discurso é sempre o mesmo, entra ano e passa ano. Sendo assim, me tornei uma escaladora forte, rodeada de outros escaladores que me estimularam, em especial meu pai e minha mãe.

— Como é a relação de vocês com essa galera que cresceu junta, filhos dos amigos de seus pais, todo mundo escalador? — pergunta o repórter, mudando de assunto.

Kiko se adiantou:

— Sabe ex-namorado quando acaba mal? Pois então, é assim neste caso. A verdade é essa.

Ele se referia ao amigo Gabi, que também seguiu a carreira de escalador.

— Eu fico na minha e ele na dele, mas somos ex-amigos que acabaram com a amizade. A gente mal se cumprimenta. Uma pena, porque a gente vive se esbarrando no *climb*.[14] — O rapaz tinha um sotaque português de quem cresceu com pais bilíngues.

— Acho um saco isso — disse Duda. — Gente que não sabe ver o crescimento dos outros. Fica amarga e invejosa, na escalada tem muito disso.

---

14 *Climb*: termo em inglês muito usado por escaladores brasileiros para se referir à escalada.

Há uma preocupação comum, nos círculos de escaladores, com o grau das vias: uma obsessão com o número de dificuldade mais do que aceitar a evolução vagarosa, inerente ao esporte. Com essa mentalidade, saltam-se etapas e fica evidente a fragilidade do atleta em graus mais baixos. É possível passar anos trabalhando em projetos exigentes em vias consideradas dificílimas para o sujeito poder dizer: "Eu mando aquele grau!", e, assim, escapam-se as nuances de perceber um movimento complicado se tornar mais acessível. Os mais experientes, em uníssono, concordam: fortaleça sua base e suba graus solidamente!

Os dois amigos sempre conversavam sobre o quanto a pequena Serra do Cipó, mesmo tendo crescido imensamente, era uma cidade dividida em épocas. Temporada de verão, muita água e cachoeira; temporada de outono, muitos *trekkeiros* buscando noites frias; já o inverno atinge o ápice da concentração de escaladores do mundo inteiro. Finalmente, a época mais difícil: a primavera. Seca e quente, era quando aconteciam as queimadas que aterrorizavam a população. Os brigadistas do Parque sempre atentos e a turma de escaladores voluntários trocando mensagens tensas. Todos rezavam por uma chuva repentina, que só chegava após a minitemporada de novembro (o mês sempre trazia uma semana de deliciosos vinte graus), quando tudo o que já tinha para queimar estava queimado.

— Vejo que os amigos vêm e vão, e na escalada, ou pelo menos em uma cidade turística como o Cipó, isso acontece bastante. Gente que vai embora e não volta mais. E tem gente que convive forçadamente, por ser uma cidade pequena — disse Duda.

— Foi isso que aconteceu comigo e com Gabi. Ele foi várias vezes à Europa me encontrar, escalamos bastante, mas não temos mais "a ver". Sinto uma competição chata, umas comparações, e eu o tempo todo tendo que me explicar sobre meus títulos e conquistas. Cansei — afirmou Kiko.

Kiko não queria azedar a competitividade. Já ouvira o pai, diversas vezes, dizer que ele seria mais feliz se construísse um escudo de proteção quando sentisse essa *vibe*. Mas também dissera: "Não é para não sentir, mas dar o peso necessário". Já Duda tinha uma psicanalista em BH, e a visitava de quando em quando: Graziela, a maravilhosa Grazi. Aprendera com ela que vencedores, tanto no esporte quanto em qualquer carreira, lidavam com energias externas ambíguas, e que "a metáfora do competidor era a metáfora dos relacionamentos humanos", dizia a terapeuta, e completava: "É igual a estar casado e não brigar, faz parte". Duda odiava essa expressão: "Faz parte". "Faz parte por quê, Grazi?" E a terapeuta respondia cantando Charlie Brown Junior: "*Um dia a gente perde e no outro a gente ganha*". A maioria das sessões acabava em música. Essa parte das conversas a menina amava.

Duda se sentiu à vontade para refletir sobre o vai e vem de visitantes da Serra:

— A escalada é um reflexo da vida da pessoa. Se você a utiliza de uma forma egóica, para se afirmar, vai se dar mal.

— Por ser um esporte de alta performance, é muito comum gente como ele utilizar prêmios e afins para se sentir melhor que os outros — refletiu o rapaz.

Tamara observava aqueles dois jovens lindos e sábios fazendo reflexões profundas sobre o esporte e quase se esquecia do desejo de controlar as expressões da menina. Não gostava de brechas e especulações. Qualquer tipo de fala que envolvesse emoção poderia expô-la. Sabia da maldade da imprensa, especialmente com quem chegava ao topo. Duda olhou para ela, que sorria e parecia estar com a cabeça longe dali.

— Tamari?

— Sim, meu amor. — Ela se ajeitou na cadeira, havia relaxado e perdido a postura.

— Tá pensando em quê?

— Pensando que, felizmente, à medida que o tempo passa, a tendência dos escaladores é a de amadurecer. Quem não segura a barra, desiste.

Os três sacudiram a cabeça. O gringo também, como que entendendo o que ela disse, sem precisar da tradutora; apenas pelo tom de voz da mulher que estava ali, feliz, com a cabeça levemente inclinada, sonhando com o futuro da campeã. Ela treinava forte desde quando chegara ao Cipó, e Alonzo lhe sugerira fazer um curso com Luiz Saques, como forma de aprimorar sua escalada.

Deu sorte: Luiz estava em sua última temporada antes de se mudar para a Europa. Ela lhe fazia milhares de perguntas, tinha uma ansiedade ingênua e queria absorver todo o conhecimento do atleta. Luiz dizia: "Você quer um manual com regras para escalar", e ela ria amarelo, queria mesmo. Pensava ser capaz de dominar, teoricamente, o absurdo de subir em pedras. Era a primeira vez que sentia que tinha jeito para "a coisa". Era corajosa e esforçada.

Naqueles dias, Luiz lhe disse que o problema da escalada era a desunião: "Os tops do Brasil não escalam juntos, e espero mais união para o futuro". Tamara sentiu pena e pensou que, mesmo passados quinze anos da abertura da academia, as queixas dos jovens atletas eram parecidas com as de sua geração.

Apesar da riqueza psicológica que o esporte permite, vários praticantes não conseguiam usar dessa sabedoria. Alguns mediam seu próprio valor baseados em performance e evolução de graus, tamanha a seriedade atingida em uma mente frágil. Duda e Kiko, uma geração inteira depois, sentiam o mesmo que seus pais sentiram tantos anos antes. *Às vezes, o mundo anda em círculos*, pensou Tamara.

— As Olimpíadas de 2021 marcaram a entrada da escalada nos jogos. Aquela sempre será a primeira medalha olímpica nesse esporte, conquistada por Janja Garnbret. Como se sente? — pergunta o repórter.

— O esporte cresceu muito por causa das Olimpíadas, uma vez que muita gente prestou atenção no momento desse anúncio. As competições estão ficando mais difíceis e mais desafiadoras. Antes, os campeonatos eram mais de força e agora tem uma parte técnica grande envolvida.

Olhando de lado, Kiko quis opinar sobre competições internacionais. A amiga sorriu e sinalizou para que ele também participasse da entrevista. Aquele momento não era só dela, era dos dois. Ela não se esqueceria jamais.

— A Olimpíada é muito bacana, uma troca de conhecimento enorme. Uma experiência muito diferente de um campeonato nacional — disse o rapaz.

Kiko foi medalhista olímpico na edição de 2036. Duda não estava por perto, em Berlim, quando ele "pegou o ouro". O rapaz havia se classificado através do Comitê Olímpico Escandinavo, após definir que não representaria mais o Brasil em campeonatos internacionais. Ele fez parte do Time Brasil no Pan-Americano de 2035, não foi bem e enfrentou o dilema gerado por sua dupla nacionalidade: escolher qual país representar dali para frente.

No ano seguinte, também parou de competir no Brasil, onde havia vencido diversos campeonatos nacionais, para se concentrar nas técnicas apresentadas pelos preparadores dinamarqueses. Luiz ficou de coração partido, mas entendeu e, alguns meses antes dos jogos, o rapaz conquistou sua vaga através do *Olimpic Qualifying Series*, jogos pré-olímpicos realizados com o intuito de completar as vagas restantes. Seu time ficou perplexo com este resultado.

No dia da entrevista com a ESPN, a final masculina seria em algumas horas. Felizmente para Duda, que não teve de lidar com a discrepância de resultados entre os dois naquele momento. Essas reflexões aconteceram dois dias depois, e a menina repetiu para si mesma diversas vezes: *Não vou me diminuir por ele não ter pegado medalha, não vou me sabotar, eu mereço esse ouro!* Foi difícil para ela balancear sua realização com seu excesso de empatia pelo amigo em um pódio abaixo do seu.

— São muitas trocas com as equipes de diversos países, e também com a equipe brasileira. Sobre o passado, sei que, após a pandemia e a quarentena, os atletas ficaram nervosos e inseguros, justamente na véspera dos primeiros Jogos Olímpicos de escalada — continuou Kiko.

— É inacreditável que, até o dia de hoje, dezenove anos depois, Janja tenha permanecido com uma carreira insuperável. Ouvi dizer que ela tem uma taxa de vitórias de esporte individual que é o dobro da de Schumacher, Tiger Woods, Federer e Serena Williams, gente desse nível. Foi a maior escaladora e talvez a maior atleta individual de todos os tempos — completou a menina.

— Agora é você, Duda — disse o amigo.

— Acho que 2024 foi sua consagração. Para mim, diferente dela, a trajetória começa agora. Ao mesmo tempo, Janja e eu cometemos erros quando achamos tudo fácil demais. Também não revelo o quanto treino, mas sim que sou a melhor e que nasci assim — disse, sorrindo amarelo.

— Nasceu assim, né, fia... — Tamara tirou onda. Sabia o quanto Duda se esforçava para se tornar a melhor do mundo. Ela gostou da firmeza da resposta da menina e aproveitou para perguntar: — Uma vez você me disse que pensa que os melhores do mundo são assim porque não têm medo de falhar, não é verdade?

— Sim, são capazes de se comprometer 100% com "o momento" e de se desligar do que veio antes e do que virá depois.

A amiga sorriu com a resposta.

— Janja é incrível — Kiko observou. Ela foi a melhor das melhores, com uma carreira consistente. Se competisse hoje, competiria no mesmo nível, aposto.

— Concordo. Tenho tanto a aprender com as atletas mais maduras. Por sorte ainda sou jovem e tenho tempo. — Ela sorriu, colocou a língua pra fora e disse: — *I'm young!*[15]

Essa era a Dudinha: emoção, catarse e palhaçada.

— Como foi crescer no Brasil? O país desperta muita curiosidade nos estrangeiros, pois parece ser cheio de ambiguidades — pergunta o repórter.

— O Brasil é um país de contrastes, principalmente os que envolvem poder aquisitivo e questões sociais. Ironicamente, quanto à escalada, é muito louco, porque a gente consegue escalar o ano inteiro na rocha. Percebi quando fui morar fora. Ano passado, fiquei seis meses

---

15 Sou jovem!

com minha base na Dinamarca e vi o que é morar em um país com estações bem marcadas.

— Verdade — concordou Kiko, sacudindo a cabeça.

Eles se davam tão bem e se encontravam por mais tempo apenas uma vez por ano. Tinham uma sintonia impressionante e geravam especulações sobre se tornarem um casal. Mas, naquele momento, eram jovens dedicados integralmente ao esporte.

Nos últimos anos, suas vidas eram cem por cento treinos, títulos e performances. Aquele ouro era o símbolo máximo de anos de esforço de Duda e marcava seu reconhecimento internacional. Sua vida jamais seria a mesma depois de 2040.

Com apenas vinte anos, a menina, crescida em Minas Gerais, chutava com os dois pés as portas do Comitê Olímpico Internacional (COI) e, consequentemente, da imprensa e das marcas esportivas, tanto as brasileiras quanto as multinacionais.

— Se quiser, o atleta dilacera o corpo o ano todo, tentando se superar — disse Duda. — Já vi que isso não é sustentável. Então treino forte na academia durante o período de chuvas, sabendo que vou cansada pra rocha. Aceito essa oscilação. Zefé me treina de tal forma para que durante a temporada eu tenha descanso e tente projetos mais difíceis.

— Eu que moro na Escandinávia sou obrigado a definir meu calendário anual de acordo com as estações, diferente do Brasil. A gente se cobra muito. Sinto que se não fizer o treino hoje, vou perder força. Eu luto contra isso. Meu pai que me ajuda a não pirar — disse o rapaz.

— Tenho dois treinadores. O fodão José Fernando Torres, atleta e estudioso do esporte que coordena minha equipe, e a Milly, minha terapeuta, a pessoa que "treina meu cérebro". Eles me orientam quando dou uma pirada, achando que se passar uma semana sem escalar ficarei fraca. Precisei de dez anos de escalada para entender isso. Fica calma, minha filha! — disse para si mesma, em voz alta.

>>>>>>>>

Zé Fernando e Luiz Saques

Zé Fernando e Luiz eram *hardcore*. Por isso, entende-se: atletas de ponta, prontos para o próximo projeto inédito; uma quebra de grau, um novo pico de *BASE jump*, solar um *highline* novo ou um *free solo*, e até mesmo um *free base* inesperado.[16] Duas almas unidas no Cipó e que vivenciaram bons anos "levantando a barra" do esporte de aventura. Duda crescera ouvindo essas histórias, especialmente desde que Zé Fernando se tornara oficialmente seu treinador. Isso significava que os dois iam juntos ao Centro de Treinamento (CT) em Curitiba de quando em quando, reportava para o técnico da Seleção e participava das reuniões de acompanhamento de Duda. A atleta curtia e ficava agradecida por ter uma fonte de conhecimento tão perto de si. Ele sabia muito sobre a escalada brasileira e se empolgava quando contava sobre Wolfgang Güllich, o alemão que marcou a escalada do Brasil:

— Mudamos de patamar quando Güllich abriu a Southern Comfort, que todo mundo chama de Via do Alemão.

---

16 *BASE jump, highline, free solo* e *free base*: diferentes tipos de esporte considerados "radicais".

— Mas, Tio Zefé, o que tem isso?

— Duda, além de ser o inventor do *Campus Board*,[17] ele abriu o primeiro décimo grau quando só tinha vias até o sétimo. Conquistou e mandou a via, que fica lá na Pedra do Urubu, no Rio.

Ouvira milhares de vezes ele contar do *free solo* de Luiz na via Sinos de Aldebaran e também de como eram os solos de Leandro Iannotta, o Mr. Bean.[18]

— Cada um se prepara de uma forma. O Bean subiu a Sinos costurando duas vezes, aí se sentiu preparado para solar. Já Luiz seguia uma linha mais "adrenante", e mandava seus solos após "encadenar" uma via. Foi assim com a Sinos.

— E você não tem vontade de solar vias mais duras?

— Sim, mudei de ideia depois que Inácio e Julia nasceram.

— Seus filhos agradecem — Duda ria e ainda tirava onda pelo mico que foi quando os dois, em 2016, acharam que subir setecentos metros na Pedra Riscada seria rapidinho e levando apenas um litro de água para a aventura. — Vocês dois não tem jeito, não. Essa história do primeiro *BASE jump* naquele pedrão não faz sentido!

— Avisamos no abrigo que, se não aparecêssemos cedo pela manhã, teria acontecido algo com a gente — dizia,

---

17 *Campus Board*: ferramenta de treino para escaladores, com painéis inclinados e agarras, usado para melhorar força e técnica de escalada.

18 Mr. Bean (1978-2019): Leandro Iannotta, montanhista mineiro; deixou um legado de inúmeras conquistas nas imponentes vias brasileiras e será sempre referência de competência, raça e entusiasmo. Faleceu em 2019 em um acidente no Fitz Roy, deixando um vazio imenso em toda a comunidade de montanha.

dando risada, como se isso os desculpasse da péssima ideia de seguirem por mais trezentos metros, sem água e sem comida, acreditando chegar antes do anoitecer.

— O Luiz nem saltava de *BASE jump* nessa época, ele iria rapelar à noite — disse Zé Fernando.

Duda escuta aquilo e tenta agir com naturalidade ao terror dos montanhistas, que é descer sem luz.

— Erro de estratégia, menina — disse o treinador. — A via era um grau técnico baixo, mas tinha umas "barrigas". A gente subia, subia, subia e nunca chegava ao cume.

— Quando contam, parece uma comédia de erros. A história da foto, afinal, foi a salvação?

— De forma alguma! Luiz cismou que, pela foto, havia encontrado a descida. Estava enganado. Terminamos a noite num espaço menor, ainda mais desconfortável — ele colocou uma secura na voz e um sorriso no rosto.

Os dois não podiam ser mais diferentes em personalidade: Zé Fernando, metódico, superaplicado e consciente do seu entorno; Luiz com um ar mais juvenil e ávido por correr riscos. Uma parceria sólida que deu certo, inacreditavelmente, até o segundo se mudar para a Dinamarca.

A impressão de Duda, que se confirmava à medida que crescia, era a de que seu treinador, seu pai e o amigo Luiz eram muito importantes para a escalada brasileira, junto com gente igualmente importante, como o grupo no entorno das marcas Adrena e 4Climb. E isso considerando apenas os mineiros.

Até os quarenta anos de idade — todos com em torno de vinte na escalada —, suas trajetórias eram reconhecidas em nichos e em eventos isolados, como os projetos no Tabuleiro, na Pedra Riscada e na Patagônia. Mas as coisas começaram a mudar em 2023, ano em que Zé Fernando e Alonzo inauguraram a primeira academia de escalada da Serra do Cipó, a Ativa. Naquele ano, Felipe Camargo fez o *First Ascent* (F.A.)[19] da primeira via graduada como um 12º grau da América Latina, a "Autorretrato", no setor Serra Pelada, na Serra do Cipó. Branca Franco estreou uma série de especiais, subindo em montanhas acima dos seis mil metros. Seu nome começava a aparecer como a montanhista talentosa que já era, ao chegar ao cume do Fitz Roy — na primeira ascensão de uma mulher brasileira na Patagônia (2016).

As coisas caminhavam simultaneamente, e essa turma toda, gente competente e apaixonada por montanha, fez com que o esporte seguisse o rumo que deveria ter tomado antes do tenebroso 2020. Pedrinho, Fei, Alex, Rudi e Ralf acompanharam Felipinho na primeira ascensão em boca de caverna do Brasil. E o burburinho e o talento daquelas pessoas, juntas ou separadas, finalmente começou a receber o merecido prestígio. Para elas e para o Cipó.

---

[19] "Primeira Ascensão", em português.

Leo e Milly

Depois que a pandemia acabou, houve um saldo grande de gravidez, separação e novos moradores na cidade. Quem não se separou ficou grávido. E quem não engravidou encontrou um novo relacionamento ou viu seu término abreviado. Foram meses incertos, pessoas surtando, convivência em excesso e muita ansiedade rolando. Sabrina dizia que era o *Caras climb*, fazendo referência à revista de fofocas brasileira. Ela dizia: "Saiu no *Caras climb* que fulano e ciclano estão se separando", sempre rápida em suas falas, muito esperta e inquieta.

Zé Belo era amigo de Leo e estimulou o amigo, então solteiro, a procurar um novo amor. Ele mesmo continuava sozinho, poucos anos após se separar da mãe de Duda — mas essa é uma outra história.

E nessas mudanças para o Cipó, havia uma moça que parecia um anjinho, de cachos vermelhos, levinhos, que subiam com o vento. Milly era delicada, falava baixo e ofereceu a Zé Fernando seu trabalho como terapeuta aos alunos da nova academia. Deu certo. Aos poucos ela foi se tornando essencial para aquela comunidade e para a prática do esporte de alto impacto emocional e físico. Recém-chegada de "Beagá", onde trabalhava na piscina com crianças autistas, tornou-se imprescindível à saúde dos atletas. Leo e ela eram amigos, depois viraram parceiros de escalada e logo "deram *match*". Começaram o trabalho mental quando a menina tinha doze anos, e a partir então, a terapia se tornaria pilar no desenvolvimento emocional de Duda. Aos vinte, Milly segurava a medalha de ouro ao seu lado, feliz por ter criado sua família do jeitinho que sonhou: duas crianças loirinhas, nascidas de uma só vez. Quando Duda começou seu trabalho com Milly, a terapeuta estava gravidíssima.

— Talvez elas sigam seus passos — disse Duda, emocionada.

— As duas têm tudo para serem grandes atletas, aos sete anos já dão sinais de que querem subir em pedras.

— Leo tem dúvidas. Tem medo da pressão.

— Elas não precisam começar tão cedo como eu. Podem tomar essa decisão em dois anos. Por enquanto, é só tornar a atividade física divertida e emocionante.

— Para chegar no seu grau de excelência, deveriam começar um treino focado.

— Eu fiz o Desenvolvimento de Base da CBE com seis anos, mas dá para começar esse treinamento de forma mais leve, que vá além da escalada.

— Concordo. Por isso, digo que, se for o caso, já tá na hora de planejar os próximos sete anos, até chegarem ao Sub-14.

— Ísis me parece mais interessada que Lara.

— Existe uma distinção entre as duas, e forçar uma criança a praticar um esporte nunca dá certo. Ísis já sobe com os dois pés no marco da porta, esticando os braços e girando uma cambalhota para trás! E depois estica as pernas, segurando o peso do próprio corpo.

Duda caiu na gargalhada. Sabia bem sobre crianças como ela, com energia de sobra, especialmente no fim do dia, quando é chegada a hora da casa entrar em "modo repouso".

>>>>>>>>>

— Como foi seu início nas competições?

— Tenho uma lembrança forte de participar de um festival na Ativa; eu tinha seis anos. Aos sete, participei de novo e não peguei pódio. No ano seguinte, fiquei em primeiro lugar, mas até chegar a ele, fiquei em último, penúltimo e assim por diante — Duda tirava onda de si mesma. — Pra valer mesmo foi no Campeonato Mineiro Juvenil de 2030, em Belo Horizonte, fui ouro. Até os quatorze anos, eu sempre ganhei medalha nos mineiros. Quando aconteciam em casa, era mais gostoso, já quando era em BH, eu ficava nervosa e me sentia exposta nas academias da cidade grande — sorriu.

>>>>>>>>>

Naquele ano, a CBEscalada convidou a menina para participar do Campeonato Brasileiro, tão nova a ponto de nem poder pontuar no ranking adulto, mas, para eles, era importante que ela começasse a entender o funcionamento de grandes eventos esportivos.

Já aos doze anos, Duda esteve no pódio de todos os campeonatos que participou dentro do Brasil. Naturalmente, no fim daquele ano, Duda recebeu a notícia de que faria parte da Seleção Brasileira Juvenil de 2033, ao completar treze anos. A partir dali, ela tinha um contrato com a Confederação no qual constavam seus benefícios e deveres, e uma agenda carregada.

Neste período, Tamara desenhava, junto a Zé Fernando, o Plano de Ação,[20] estabelecendo as competições que a menina participaria e seus objetivos para o ano. Dentre as expectativas como Time Brasil, Duda precisava comparecer às avaliações de atletas, aos encontros com a equipe médica, participar de determinadas etapas estaduais e nacionais, além das "entregas" em redes de marketing. Tamara não deixava que ela se esquecesse dos conteúdos obrigatórios, integrando a marca da CBEscalada em suas postagens. A menina sempre precisava citar seus patrocinadores em entrevistas.

A vida ficou cheia, mas Tamara estava ao seu lado. E deu certo. Com a Bolsa Atleta nacional e, eventualmente, a internacional que passou a ganhar, Duda oficializou a participação de Milly, Grazi e Zé Fernando em seu time. Convidou também Jorge, fisioterapeuta poderoso

---

20 Plano de Ação: planejamento anual obrigatório aos atletas da Seleção Brasileira de Escalada Esportiva e aos beneficiários do programa de manutenção de atletas.

de Belo Horizonte, à sua rede de apoio. Ele fazia trilha de bike e estava no Cipó a cada quinze dias para atender a menina.

>>>>>>>>>

— Passei por todas as categorias: aos quatorze, fui Time Brasil Sub-16, com quinze, fui Time Brasil B e, aos dezesseis, Time Brasil A, e não saí mais da Seleção Brasileira até hoje. — Ela juntou as mãos fazendo um sinal de "Amém". — Isso não quer dizer que foram fáceis e nem que sempre ficava entre as primeiras, mas consegui criar uma trajetória consistente de evolução. Ganhei vários Sul-Americanos, mas isso você deve saber. — A menina sorria amarelo falando de si. Era difícil não mostrar o quanto se orgulhava de suas vitórias.

>>>>>>>>>

Durante sua infância, Duda encarava tudo como uma grande brincadeira. A menina se divertia muito no isolamento das atletas. Como eram meninas do Brasil inteiro, elas corriam, pulavam, davam cambalhotas, e Beatriz repetia: "Du, você tem certeza de que quer mesmo participar? Não está nervosa, não?". "Quero, mãe", ela dizia, impaciente. "Então tá, minha filha. A mamãe está logo ali", e apontava para Zé Belo, que filmava todos os movimentos dela. No pódio, eram abraços e fotos aos montes. Houve um período nos anos 2010, quando eram tão poucas atletas competindo, que tinham dúvidas quanto aos seus próprios méritos. Estavam sozinhas em suas categorias. "Duda, quando eu competia na sua idade, sentia muita falta de outras meninas. Estar no pódio sozinha me deixava insegura quanto ao meu valor como escaladora", disse Patty Antunes em um encontro com a menina. A realidade do esporte havia modificado imensamente, e os campeonatos a partir de 2022, pós-pandemia e pós-olimpíada atingiam recordes de inscrições.

Dos treze aos dezesseis anos, a atleta competia pelo Juvenil, dentro e fora do Brasil. A partir dos dezessete anos, ela tinha suas obrigações como Seleção Juvenil, mas também como Adulto. Suas preparações tornaram-se mais grandiosas, para palcos maiores; o calendário se tornou mais complexo, e Duda teve de abdicar de algumas competições. Mas, ainda assim, Zé Fernando via sentido em deixá-la participar de campeonatos juvenis, com níveis de exigência um pouco mais baixos e chances maiores de destaque, como o que aconteceu em Santiago.

>>>>>>>>>

— Quando eu não tô num dia bom, eu finjo que está tudo maravilhoso, principalmente se for um dia decisivo. A postura deve ser sempre a de que vou mandar o projeto.

A menina sorri espontaneamente, considerando que o que disse poderia ser entendido como uma postura arrogante, e completa:

— Desde cedo, aprendi que estava rodeada de "gigantes" e que foram essas mulheres, como a Laura Timo, Mari Hanggi, Amanda Criscuoli, Anja Köhler, Bianca Castro e Bianca Melo, que pavimentaram um caminho tortuoso para que eu e minhas amigas pudéssemos estar aqui.

— Tenho ouvido sobre meninas no esporte que tomam hormônios para atrasar a vinda do ciclo menstrual. Pode opinar sobre isso? — pergunta o repórter.

— Busquei a pílula anticoncepcional aos quatorze anos por causa de campeonatos. Era muito difícil conciliar o ciclo com essas datas importantes. Já tive o pior dia caindo na final da competição, me deixando emocionalmente abalada. Pedi à ginecologista algo mais leve. Expliquei o que eu queria e o que eu não queria, tipo espinhas, acne, gula, esse tipo de coisa que dizem que hormônios dão. Por enquanto, tô achando bom. Se eu não competisse, não tomaria. Acho que o ciclo permite entender sua saúde e se conhecer melhor.

— O sistema impõe produtividade, seja treinando, encadenando vias ou estudando. Tem de relaxar um pouco. Homens também precisam perceber o que seu corpo está pedindo — disse Kiko.

Ela ficou com vergonha de falar sobre ciclo menstrual na frente do amigo, mas, quando viu, ele já participava do assunto de uma forma linda. Ele era tão maduro. Ela ficava mais apaixonada quando ele falava essas coisas, mesmo tendo a mania das sacolas plásticas, um hábito que a irritava, mas que considerava cômico. Ela pensava que devia ser alguma nostalgia do que ele não viveu. Quando ele nasceu, já eram proibidas na Dinamarca e, no Brasil, demorou anos até proibirem a distribuição do que ela chamava de "matador de oceano".

— Não consigo entender como isso já existiu — disse apontando ao vê-lo carregando uma delas.

— Não implica com minha sacola. Essa é uma réplica — rebateu o rapaz. — É de material reciclado, uma fórmula mágica que mistura plástico PET.

— Contam que as pessoas saíam do mercado com inúmeras delas.

— Igual a essa história de que podia fumar em avião.

— Tamari diz que brigava com Alonzo por causa das sacolas. Tinha raiva, pois ele pegava sacola para carregar uma embalagem de pilha — reforçou a menina.

Tamara arregalou e virou os olhos na direção do repórter que perdera o interesse pelo diálogo em português. Duda voltou à pergunta.

— Menstruar é parte da natureza feminina. Eu chego a perder o equilíbrio e foco. Sinto dor no corpo, mas, passando, pronto, voltei. Saber aceitar esse período é importante, se não, frustra muito. Se eu desrespeito esse momento, o próximo ciclo também não vem legal.

Kiko disse, para a surpresa de todos:

— Semana em que eu não me sinto tão disposto, não cobro tanto. Faço treinos mais leves e desço o grau.

Ela queria pular no pescoço dele!

Ativa

No final do verão de 2023, Alonzo e Zé Fernando inauguraram a Ativa. O treinador dizia que era uma peça de um quebra-cabeça essencial para consolidar a cultura da escalada do Cipó. A academia ofereceu estrutura para a nova geração treinar próximo às vias mais difíceis da América Latina. Vira e mexe, alguém o procurava para falar sobre o papel da Ativa nos resultados de Duda. Quando saiu no telejornal que ela era a campeã mais jovem de escalada na história dos campeonatos brasileiros, ele disse:

— Aqui temos desde o treinamento para qualquer tipo de escalada: esportiva, montanha e multicordadas. Somos uma peça fundamental para a cultura da escalada. Quando um esporte já tem uma cultura disseminada, é mais fácil aparecer novos talentos, em vias ou *boulders*. O processo fica mais natural.

— O ginásio é lúdico, não é? — perguntou a repórter.

— Você tem total razão no que diz. No ginásio se aprende brincando.

— Brincando de escalar.

— As cores e os colchões são propícios para correr, pular e cair.

A turma que abriu a academia foi visionária. Coisa de gente corajosa que quer ver o esporte em outro patamar.

Unir a comunidade e o esporte, a escola e o esporte e a escola e a pedreira. O Morro da Pedreira (Área de Proteção Ambiental onde se escala) fascinou os cariocas pela qualidade do seu calcário. Alguns desses biólogos, os mesmos que começaram a subir pedras no Rio de Janeiro, trouxeram a escalada esportiva à Serra do Cipó no final dos anos de 1980. Muitos deles se estabeleceram na cidade e abriram vias para eles mesmos escalarem.

Mesmo após três edições olímpicas, o grande público misturava a prática da escalada com o rapel. A entrevistadora ainda não tinha muito clara a distinção entre os esportes.

— Rapel é a técnica usada para descer grandes paredes e até algumas mais baixas, como na própria escalada esportiva. Mas também é um esporte de aventura em si, ao ser usado para descer sem a necessidade de escalar, por exemplo, uma ponte.

— A escalada é para cima! — sorriu a repórter com a distinção feita, clara, entre esportes.

— Sempre para cima — respondeu Zé Fernando, alegre por iluminar mais uma alma.

— Você enxerga os brasileiros ganhando pódios internacionais?

— A gente está chegando em um padrão muito legal. A Federação tem dinheiro, pode mandar a galera treinar na Europa. Perdurando por mais tempo, uma hora, com todos os fatores combinados, vai acontecer, como foi com o surf brasileiro. A galera só foi campeã mundial após ter gente na semifinal e depois na final. E isso durante muitos anos.

— Ou nasce um Pelé ali na esquina — a repórter brincou, mas Zé Fernando entendeu como coisa séria.

— Nesse caso, é muito mais difícil. Será que ele vai entrar na academia de escalada na idade certa? Vai ter a sorte de encontrar uma academia que enxergue seu talento? Estrutura financeira para continuar treinando?

A moça ficou parada pensando. Assim como muitos, ela também tinha uma visão equivocada de ser possível se tornar um atleta de alto desempenho despretensiosamente. A menina era boa repórter e fez Zé Fernando pensar sobre o assunto, fazendo perguntas profundas como:

— Qual o seu segredo como treinador?

— Corpo estável e grande mobilidade.

— Explica melhor, para leigos.

— O rodízio de estímulos, alternando fibras de resistência, hipertrofia e força muscular — detalhou ele.

Ele estava nessa há trinta e cinco anos e tinha se tornado o maior e o mais completo treinador do país. Muita gente local, regional e estadual contava com a estrutura da Ativa e da experiência do famoso treinador para se destacar nos campeonatos de escalada mundo afora. Ele dizia que era um *climbing coach using route setting*:[21] "Vou inventar um *boulder* pra você e, através dele, te ensinar algo, olhando seus defeitos e explorando-os para você

---

21 Treinador de escalada que utiliza a definição de rotas.

melhorar". Na Ativa, os *boulders* mais difíceis estavam prontos para Duda; eram duros, e Zé Fernando batia no peito:

— Atleta de alto desempenho precisa entrar em coisas duras. Ninguém escala V5 e chega na pedra e escala V12 — dizia. Ele usava a criação de *boulders,* vias e movimentos para treinar os atletas. Poucos ganhavam o ouro olímpico, mas muitos estavam em diversos pódios.

>>>>>>>>>

O repórter pergunta a Duda, tentando dizer em português:

— O que serrrria o bankinm de umilidade?

— O banquinho da humildade? — repetiu a menina em português. Todos riram por ele saber dessa piada interna, reservada ao ciclo próximo da atleta.

Quem cunhou esse termo foi seu treinador, Zé Fernando, quando Duda estava em sua pior fase, após as qualificatórias olímpicas, em 2039, curiosamente logo após a melhor fase de sua carreira, quando havia sido finalista em todos os campeonatos internacionais, na modalidade *Boulder*. O evento era o Campeonato Mundial, sediado pela primeira vez no Brasil.

— Estava todo mundo lá. Uma quantidade enorme de amigos, família, imprensa e eu querendo mostrar minha melhor performance, ser a estrela do show. Escorreguei na modalidade guiada e fiquei em oitavo lugar. Foi inacreditável — conta a menina incrédula consigo mesma. —

Depois disso, ganhei o banquinho da humildade. Ele tem me ajudado bem. Acho que funcionou, Tio Zefé!

— O mundo acha que um atleta nasce naturalmente bom, como se já viesse com um DNA "vencedor". Não é bem assim. Foi importante para Dudinha entender suas fraquezas e aprender a lidar com esse talento imenso que lhe traz vitórias — acrescentou Tamara à conversa.

— Zefé me ensinou que a diferença entre o segundo e o primeiro lugar é, ao mesmo tempo, muito próxima e muito longe, dependendo se a pessoa já ganhou ou não. São minicomportamentos e minidetalhes que tem de saber para ganhar uma final de campeonato. Coisas que ou vêm com você, ou se aprende, e uma hora se ganha. E, às vezes, você faz tudo certo e não ganha.

As duas tiveram inúmeras conversas sobre o abismo geracional entre elas, especialmente no que diz respeito à escalada. Duda havia crescido após o movimento #MeToo.[22] Sua geração falava de machismo abertamente e não tolerava opressão masculina. Tamara passou sua adolescência em Belo Horizonte, nos anos noventa, e só de pensar em contar à menina as falas e os comportamentos dos rapazes de sua época, tinha até vergonha. Duda escalava com as amigas Bibi, Jasmim e Julia e raramente considerava as rodinhas masculinas, não propositalmente, mas seu elo com as amigas acontecia de forma natural. Verdade que os desentendimentos

---

22 #MeToo: movimento de proporções globais contra o assédio sexual, iniciado em Hollywood em meados dos anos 2010.

também aconteciam; quando trabalhavam vias juntas e alguma delas "mandava" primeiro, havia insegurança no ar: *Vou perder minha parceria?* e *Será que tô ficando para trás?* eram pensamentos comuns, e o velho chavão dito pelos mais experientes: "Nunca se compare!" era lembrado para que mantivessem a serenidade em momentos de insegurança.

Tamara presenciou o fim de uma era em que as vias mandadas por mulheres eram consideradas "para elas" pelos homens que as subestimavam, simultâneo ao estouro de uma nova geração que fez barulho e estabeleceu: a escalada também seria feminina! Tamara surfou essa onda positiva e dizia que sua performance havia mudado após fazer seu grupo de amigas no Cipó. Já para a menina, o espaço era naturalmente delas — tinham autonomia, força, estratégia e sabedoria, características importantes para quem quer desfrutar de esportes no ambiente natural.

>>>>>>>>>

Reconhecimento

— Pai, você acha que poderia ter "bombado" como atleta da escalada?

— Por que pergunta isso, minha filha?

Duda tocou no assunto ao encontrar seu pai, retornando do aeroporto de Confins, com o ouro no peito. Ela havia pensado nisso durante todo o voo de volta ao Brasil.

— Porque você seguiu um caminho diferente fora da performance.

— Não, Duda. Todas as vias que eu abri, além de terem me exigido fisicamente, grande parte delas eu escalei. E eu não abri apenas vias, abri setores inteiros!

— Mas é diferente do que fez Tio Zefé e Tio Lu, dois galáticos da montanha.

— Eu quebrei paradigmas, filhota, meu legado não é de cadena,[23] é de abertura de via. Abri mais de mil e quinhentas vias no Brasil.

Ela não tinha olhado sob essa ótica. O pai e o amigo Trivisário tinham sido a dupla mais intensa e ativa na abertura de vias por todo o estado de Minas Gerais, desde os primeiros anos de 2000. E não pretendiam parar.

— Duda, minha intenção sempre foi fazer história, deixar escrito. Ampliar as possibilidades do *climb*

---

23 Cadena: escalar uma via do modo mais difícil, sem descansar.

brasileiro. Crescer, crescer, crescer. O que fizemos nestes trinta anos é inacreditável.

Realmente, ela tinha que concordar com o pai. Trazia-lhe uma certa angústia pensar que ele seria um talento desperdiçado, sempre nos bastidores das estrelas, furando pedra, carregando *cliff*[24] e estribo morro acima, ralando pela melhora do "pico".

— Você ralou pelos outros — insistia no tom ressentido a menina.

— Ralei por mim. Ninguém tem a minha história. Ninguém tem o meu reconhecimento. Talvez em dez, quinze anos, você entenda melhor.

— Todos queremos ser reconhecidos, eu, Luiz, Zé Fernando, sua mãe e até Tia Sa! Você precisava ver como elas correram atrás depois que você e Julia nasceram. Estavam furiosas e motivadas, saltaram do quinto ao nono grau em dois anos! Todos queremos deixar um legado pelo que amamos. Alonzo, com sua capacidade intelectual e de negócios, construiu a Ativa! Você sabia que foi ele que ajudou a comprar minha primeira furadeira?

— Não — respondeu impaciente. Ela achava que o pai estava à sombra de todas essas pessoas.

— Filhota, vem cá. — Ele deu um beijo na mão da menina em cima dos machucadinhos gerados pelo treino.
— Criamos uma comunidade inteira ao redor do esporte. Cada "pessoinha" que colocou uma pedrinha no que hoje é

---

[24] *Cliff*: ganchos metálicos utilizados para escalada com auxílio das peças de proteção na rocha para progressão do escalador.

a escalada esportiva brasileira fez história: cada ajudante, cada guia de montanha, cada corajoso que abriu seu negócio; pizza, japonês, hambúrguer, mexicano, cerveja, o que for, para que a cidade se tornasse o que se tornou, como você conhece! Tio Ricardo, "o rei da via Ética Decomposta", há anos com seu Abrigo de Escalada. Até Tia Nat, que tatuou todo mundo por ali. Todas essas pessoas acreditaram, se empenharam e cresceram colhendo os frutos que plantamos durante um bom tempo.

— Pai, estou falando de uma coisa diferente! — Ela perdeu a paciência. — Quero falar de reconhecimento internacional, marcas, prêmios...

— Olha, meu amor, na nossa época foi diferente. Para você ter uma ideia, o grande monstro da escalada, Felipe Camargo, só se tornou essa potência do marketing esportivo depois dos vinte e cinco anos. Na minha juventude, as possibilidades de patrocínio eram nulas. Não achavam que valia a pena investir em nós — ele riu.

— Que injustiça.

— Não se preocupe, filha, nosso mérito está registrado e nosso reconhecimento garantido. Veja os guias, leia os livros, está tudo publicado.

A menina fez aquele sorrisinho de quem iria começar a falar coisas que sabia que deixavam o pai alegre.

— Então, me explica como você escolhe as vias que vai abrir?

— Olhando debaixo, vejo a linha.

— Sem saber qual grau?

— Sem saber, mas dá pra ter uma ideia.

— Você procura graus altos?

— Sempre.

— E essa história de que suas vias são subgraduadas de propósito?

— Isso é intriga, principalmente espalhadas pelo Leo — sorriu ao lembrar do amigo. — Brincadeira, filha, agora falando sério. Quando você faz a primeira ascensão, é possível que não use todos os recursos que a pedra permite. À medida que escaladores vão conhecendo a via, novos betas[25] aparecem e a escalada torna-se mais fácil. Não sou eu que defino o grau, mas sim o consenso da maioria. Apenas sugiro, considerando essas possibilidades.

— Que algumas vezes não se concretizam! — comentou a menina. — Aí fica todo mundo achando que você coloca o grau mais baixo que a realidade para sacanear! — enfatizou Duda.

— Há! Há! Há! — gargalhou o pai. — Isso dá uma apimentada a mais na brincadeira.

— Acho foda que sejam suas as vias mais fortes do Brasil.

— Aleluia, algum reconhecimento! E olha essa boca suja!

>>>>>>>>>

— Preciso entender o que aconteceu ano passado, em 2039, após sua classificação para as Olimpíadas. Uma ruptura de quase dez anos em uma carreira ascendente. Me explica melhor — pede o repórter.

---

25 Betas: dicas para se escalar mais facilmente.

Tamara remexeu na cadeira e olhou para a menina. Não iria intervir. Queria deixá-la se fortalecer falando sobre aquele período. Não tinha por que fugir do assunto. Ela sabia como a imprensa funcionava, e como o episódio de 2039 ainda era recente, o assunto voltaria por alguns anos, talvez. A mídia era reducionista; não importando o segundo ou terceiro lugar, falaria das vitórias de Duda, mas não se esqueceria dos contratempos. Até que viesse o próximo campeão.

— Como disse mais cedo, não sou uma super-heroína. Peguei a vaga olímpica no Pan-Americano de Santiago e pensei: *Que loucura, não achei que conseguiria, mesmo querendo muito.* Com a vaga garantida, segui para o Campeonato Mundial daqui me achando o máximo. Felipinho me chamou pra aquecer na Fábrica, longe dos holofotes. Ele conversou comigo, fizemos exercícios de respiração, Zefé me deu mobilidade e seguimos para o evento. Estava no meu país, nada podia me parar.

— Você teve medo de ficar de fora? — pergunta o repórter.

— No Pan?

— No Pan e aqui — adicionou o gringo.

— Tive sim. Nos dois. O Chile era meu segundo Pan. No primeiro, em Las Vegas, eu fiquei em quarto lugar, e se caísse de posição, teria menos chance de uma vaga olímpica. Já fui ouro e bronze no Juvenil, mas nunca fui pódio em Campeonatos Mundiais pelo Adulto, que é um trampolim para os Jogos Olímpicos. Achei que a trajetória de um atleta era uma curva ascendente. Sou a prova viva de que não é bem assim.

— Então conta o que aconteceu em São Paulo.

— Minhas competidoras eram bastante fortes e, pelas regras do COI, eram duas vagas para cada país. Itália e França representavam o perigo. Quando Silvie Babo, francesa, pegou a vaga por regras olímpicas, não achei justo — desabafou a menina.

— *Take the higher ground*[26] — disse ele em seu idioma original.

Duda pareceu irritada; olhou para a tradutora antes que ela pudesse abrir a boca e fez uma expressão de que não precisava de tradução. Ela entendeu o que ele sugeria: que ela deveria ter mais espírito esportivo.

— Acho estranha essa regra. Não entram as melhores do mundo, apenas as duas melhores, mesmo que se classifiquem em último lugar. Minha amiga americana, Joy Anderson, em quarto lugar, mas ainda à frente das francesas, ficou de fora. Isso me tirou "do prumo", meu sangue subiu — respondeu sem constrangimentos. — Outra coisa que me abalou foi o acidente com minha amiga Isobel Levy.

A escaladora da Islândia bateu a cabeça na rocha enquanto fazia a segurança para o namorado Shaun Meyer, no Reino Unido, poucos meses antes. Naquele dia, ficou assinado o atestado de ausência dela na edição Paris 2040.

Tamara complementou:

---

26 Mantenha a postura elevada.

— Logo depois, a Bel anunciou sua aposentadoria das competições. Foi muito triste ver o fim de sua carreira de mais de vinte anos.

— Escalada é extremamente difícil, mental e fisicamente — Kiko falou de repente.

— Sim! Mesmo que ela melhorasse, o estresse colocado em nossos tecidos macios, dedos e tendões é imenso. Tem de fazer um check-up recorrente. Mesmo que melhorasse a questão cerebral, ela sofreu uma lesão secundária no ombro. No fundo, eu estava muito triste. *It was over for her*[27] — finalizou Duda.

Nesse dia raro, de fracasso inesperado para a atleta, as temperaturas passaram dos trinta graus, comum no Brasil. Mesmo acostumada ao calor do Cipó, a menina morava no cerrado das Minas Gerais, onde era seco e sem a atmosfera úmida de São Paulo.

— Quando entramos para examinar o muro, eu já me sentia estranha. Estava oscilante. Quando vi Silvie, azedei. Não era a hora de olhar para as colegas, mas sim de enxergar a via. Deu no que deu, caí.

Ao ouvir isso, Tamara pensou no esforço que fez para entender as emoções da menina. Não dava para recorrerem ao combinado, o recurso ensinado por Milly, e expurgar o que tinham a dizer no jardim de casa, olhando o Parque Nacional da Serra do Cipó. Essa estratégia de lavar as frustrações dela funcionava quando Duda estava

---

27 Acabou para ela.

triste, e, naquela hora, não havia espaço para a catarse emocional necessária.

A atleta continuou:

— Não alcancei esse patamar mental de não ter medo de falhar. Também detesto quando sei que as coisas podem mudar.

— De que tipo de mudança tem medo? — insiste o repórter.

— Não sei ser clara. Sou jovem e me sinto crua, emocionalmente. Tento relaxar pensando no que Zefé diz sobre nos tornarmos fortes nos dias de descanso: "Aprende a descansar, menina, que é nesses dias que seu músculo cresce"— engrossou a voz um pouco, imitando o tom do treinador. — São as roubadas que nos fortalecem. Esse dia, em 2039, foi só roubada. Emocional, mas roubada.

— E você, Tamara, escala também?

— Você nunca ouviu falar da Tamara Sharma? — brincou Duda.

— Tamara Sharma? — riu alegre o repórter, do trocadilho criado por Duda.

— Essa aqui é bruta igual ao Chris Sharma. Faz jus ao apelido — completou a menina.

— Dizem que foi Tia Sá que cunhou — acrescentou Kiko.

— Vocês dois, podem parar! — brincou Tamara, séria. — Eu tô com sessenta e cinco anos, rapaz, não treino para Olimpíadas, mas para me manter ativa — gargalhou a atleta madura. — Nunca fui técnica, mas sempre tive um mental muito bom, fruto das montanhas que subi com Alonzo. Eu não sabia nada de montanha, mas sempre tive muita gana. Tô quase fazendo prancha pendurada pelos dedos no *fingerboard* — brincou.

— Como lida com suas lesões?

— Felizmente, não tive muitas. Zefé diz que é porque comecei cedo, meus dedos cresceram fortes em uma época que eu tinha bastante tolerância à dor, mas, sinceramente, não lido bem, não. — A menina olhou para baixo, lembrando-se de dores chatas e como esses momentos a deixavam insegura, achando que, para ser vitoriosa, não poderia senti-las.

— Pelo que vejo em atletas, em geral — o repórter adiciona —, todos vocês lutam quando precisam dar um intervalo, seja de descanso, para a recuperação do corpo, seja devido a uma lesão.

— Certamente — respondeu Tamara. Duda pegou na mão dela, e as duas se entreolharam.

Era difícil ser jovem e levar uma vida de atleta profissional. Tamara dizia à menina que às vezes sentia que ela crescera rápido demais.

— Tamari me diz que não devo correr para ser adulta.

— Certamente, digo de novo.

— Por quê? — indagou o repórter.

— Porque tem coisas que demoram para ser entendidas. Acho que, muito do que vivo hoje, só irei compreender em dez, quinze anos.

— Como o quê? — insistiu o rapaz.

— Compreender de onde vem essa minha concentração, por exemplo. Dizem que sou focada e consigo me concentrar nos momentos certos. Mas nem eu mesma sei de onde isso vem!

— Nasceu assim — disse Kiko. — Convivo contigo desde criança, sempre percebi sua maturidade em saber o que queria. Eu, por exemplo, estava na onda do meu pai, amando tudo o que fazia, mas no *flow* dele. Já você sempre soube que queria ser campeã!

— Talvez — disse a atleta em tom suave, sem estar cem por cento convicta. — Sabia que era importante me divertir para seguir, lesionada ou não. Mas já ouvi gente dizer que tenho foco "de adulto" mesmo.

— Capricorniana... — completou o amigo. — Corpo de jovem com cabeça de velho.

Todos riram e o gringo perguntou:

— Você entende de astrologia, Kiko?

— Adoro. Mas tudo que eu sei veio de Duda e Tamari. Elas são viciadas nesse assunto.

— Verdade — disse Tamara. — Inclusive achamos difícil lidar com esse "leãozinho" com Sol em Gêmeos, querendo uma hora morar no Brasil, e no dia seguinte, na Escandinávia!

— Há há há, verdade, Tia. Não posso ter os dois?

Adolescência

Durante os anos em que Duda crescia no Cipó, Kiko vinha para o Brasil nos melhores meses de escalada na pedra, durante suas férias escolares, quando era verão no Hemisfério Norte. Ele se aproximava da porta da academia e já começava um burburinho feminino sobre sua chegada.

Aos treze anos já media um metro e oitenta de altura e chegaria até um metro e noventa com dezoito anos. Na pré-adolescência, chegava tímido, meio desajeitado com tamanha exposição: pele clara e os olhos azuis da mãe. Não se importava com os cochichos das meninas. A bem da verdade, ele não pensava em aflições amorosas, mas sim nos *boulders* novos, nas vias novas e nos próximos campeonatos.

Quem ficava aflita era ela. A cada ano que passava, não sabia o que esperar daquele rapaz. Os anos anteriores, de brincadeiras infantis, aqueles sim tinham uma naturalidade imensa. Ela ficava leve e solta ao lado dele. Nem usava top de biquíni até os oito ou nove anos.

Logo depois, as coisas foram mudando. Foi quando participou do Campeonato Brasileiro como convidada. Naquela ocasião, ele também entrou em sua categoria. Nesse dia, nascia uma sementinha de comparação, positiva e negativa, que permaneceu com ela por toda a sua adolescência. Kiko a inspirava e a motivava a ser tão boa quanto ele. Ela não achava que era amor e nem que estivesse apaixonada, talvez em algum período de sua adolescência achasse. Atualmente, entendia que vivia um deslumbre de admiração pelo rapaz enigmático, que falava português com um sotaque delicioso. E que escalava tão bem quanto ela.

Pedro

— Mamãe, não quero sair daqui.

Duda se escondera irritada debaixo da mesa, porque Kiko havia ido para casa e nem era meia-noite ainda. Eles tinham onze anos, escalavam sério, mas ainda brincavam como crianças. Nesse dia, se reuniram na despedida dos amigos Silvia e Rodrigo, pais dos gêmeos Tom e Vini, ainda pequenos. O futuro reservava destaque aos garotos, nascidos no Canadá, onde os pais brasileiros moravam há anos. A dupla brilharia na escalada como os primeiros gêmeos a escalar em solo, nas agulhas das montanhas rochosas canadenses. Seriam os primeiros a tentar desafios semelhantes ao que o montanhista Marc-André Leclerc fizera nos anos pré-pandêmicos.

— Maria Eduarda, saia agora!

— Não quero.

— Vem conhecer o Pedro.

— Quem?

— Pedro, filho do Tio Leo.

— As filhas do Tio Leo são Ísis e Lara.

— Saia daí agora! — disse a mãe, se agachando para olhar no olho da menina.

Maria Eduarda saiu de debaixo da mesa e viu o rapaz de um metro e setenta de altura, com quatorze anos. Se assustou com aquele porte, pois ele parecia um príncipe.

Primogênito do primeiro casamento de Leo, havia nascido no Paraná antes do pai se mudar para Minas. O casamento já havia acabado, mas a mãe engravidara e eles decidiram, de comum acordo, que o rapaz iria crescer no Sul e passar três meses por ano com o pai, no Sudeste. Vivera em BH e, recentemente, no Cipó. Havia chegado naquela semana, início do recesso de fim de ano, e ficaria até depois do Carnaval. Duda estremeceu. Nunca tinha sentido o coração pular para fora do peito antes da pessoa sequer dizer "olá". Já tivera intuições, quando sabia que se tornaria amiga de alguém, mas com ele foi assustador.

— Oi, você escala? — perguntou Pedro.

— Sim. Agora faço Treinamento de Base com meu técnico, e você?

— Sim. Tô competindo no Juvenil, tentando pontuar junto à CBE para tentar o Time Brasil. Logo sai o resultado do ano que vem.

— Eu também quero fazer isso. Tô com quase doze anos. Aí já posso competir pelo Juvenil C e, seria um sonho, competir fora do Brasil.

— Já ouviu falar do Morro do Anhangava? — mudou de assunto o rapaz.

— Já fui ao Centro de Treinamento Olímpico, em Curitiba, para conhecer, mas não saí de lá. É perto?

— Fica a uma hora da cidade. É diferente daqui, menor. Mas muito interessante, foi lá que comecei. A escalada do Paraná tem uma história forte no Brasil.

— Não sabia.

— Os paranaenses são discretos — sorriu.

O que era discreto?, pensou. Esse rapaz falava bonito e diferente.

— Discreto é calado?

— Sim, pode-se dizer que somos calados. Não falamos muito sobre nós.

— Dizem que o povo de Minas é assim também.

Ela se sentia muito adulta nessa conversa. O momento caminhava para algo novo, sentia que seria um caminho sem volta.

— Por isso falam tanto que o Cipó começou com os cariocas, né? — disse Duda.

O menino sorriu entendendo que ela sugeria que os cariocas soubessem se promover. Duda se apressou a adicionar:

— Mas eles foram muito importantes para o Abraço![28]

— Verdade. O povo do Paraná chegou aqui depois, em 1994, por aí. Já ouvi as histórias da Fran e do Fabinho.

— E seu pai veio junto?

— Um pouco depois, em 2003, eu acho. Conta que a Poltergeist era a via mais forte do Cipó e que a turma do Paraná mandou em 2000.

— Incrível. Adoro pensar no Cipó dessa época.

---

[28] Abraço da Pedreira: movimento ocorrido em 1989 como forma de impedir a exploração de empresa mineradora na Serra do Cipó, visando a criação da Área de Proteção Ambiental Morro da Pedreira.

— Dizem que tinha muita festa. E que não era só de escalador, não. Os locais sempre festejaram muito.

— Povo alegre. Você sabe da história do Quilombo do Açude? — a menina fez voz de conhecedora da história local do Cipó.

— Sei pouco. Eu sei que tem uma música muito famosa que diz: "Na casa aberta é noite de festa, dançam Geralda, Helena e Flor. Na beira do rio, escuto Ramiro, Dona Mercês toca tambor".[29]

Duda se admirou. Ele cantou direitinho a letra da música que fazia referência às festas dos descendentes dos escravos daquela região.

— É uma comunidade remanescente de quilombo. Fica logo na entrada da cidade, antes da ponte. Vamos pedir para nossos pais nos levarem lá essa semana. — Agora, era ela que se sentia culta e bem-informada.

---

29 AMARAL, Chico; HENRIQUE, Flávio. *Casa Aberta*. Gravada por Marina Machado no álbum *Baile das Pulgas*. 1999.